Illustrations : Monique Beaudry
Conception de la maquette couverture : Relish Design Studio Ltd.
Imprimerie : Hignell Printing Ltd.

Catalogage avant publication de Bibliothèque et Archives Canada
  Gareau, Robert J., 1935-
    Jérôme le gopheur / Robert Gareau.
  Public cible: Pour enfants.
  ISBN 2-89611-013-5
  I. Titre
  PS8563.A643J47 2005   jC843'.54   C2005-905993-1

© Robert J. Gareau, Éditions des Plaines, 2006
382, rue Deschambault
Saint-Boniface (Manitoba) R2H 0J8
3ᵉ trimestre 2006

Dépôt légal : Bibliothèque nationale du Canada, Bibliothèque
provinciale du Manitoba et Bibliothèque nationale du Québec.

Les Éditions des Plaines remercient le Conseil des Arts du Canada et
le Conseil des Arts du Manitoba du soutien accordé dans le cadre des
subventions globales aux éditeurs et reconnaissent l'aide financière du
ministère du Patrimoine canadien (PADIÉ et PICLO) et du ministère
de la Culture, Patrimoine et Tourisme du Manitoba, pour ses activités
d'édition.

Deuxième tirage 2009

Jérôme le gopheur

Robert Gareau

Plaines

Avant-propos

Le spermophile de Richardson — communément appelé « gopheur » — présenté dans cette histoire est un animal bien connu en Saskatchewan. On le nomme aussi : chien de prairie, gaufre, citrelle, écureuil de terre, spermophile commun, bisane, ou d'après les Métis de la Saskatchewan, pisane. Certains l'appellent même le « piquet » parce qu'il se tient souvent debout sur ses pattes arrière.

Le mot « bisane » recèle une petite histoire légendaire. Les premiers explorateurs français, apercevant le gopheur pour la première fois, l'auraient appelé « la petite bête du pays »; plus tard, à la blague, on l'appela « la paysanne ». Le mot évolua avec le temps, passant de « paysanne » à « pisanne » ou encore « pisane ».

Le gopheur habite presque uniquement l'Ouest canadien, plus précisément le centre et le sud des Prairies. Il mesure à peu près 30 cm, incluant sa queue de 8 cm, et pèse environ 450 g. Il a le poil court d'un gris brunâtre. Sa longévité n'est que de trois ou quatre ans. Omnivore, il se nourrit surtout d'herbe, de foin et de plants de céréales; il mange aussi des insectes, des sauterelles et des larves.

Remerciements à :
Aurèle Gareau, Alice Gaudet,
Mélanie Branger, Gérald Gareau,
aux élèves de l'école Saint-Isidore de Bellevue
et à Lina Kovacs, enseignante

Un MERCI tout spécial à
Danielle Cousin.

La vie est belle

Au milieu de la prairie de la Saskatchewan, Jérôme et Janine Gopheur vivent paisiblement dans un terrier situé près d'un chemin. Il fait beau… le soleil brille, il y a de l'herbe fine à manger; et même si la pluie tombe parfois, ce n'est pas si grave : après la pluie, « le beau temps », comme disent les vieux du village.

C'est l'été et les jumeaux, Jérôme et Janine, jouent dehors matin et soir. Ils aiment surtout jouer au jeu du chat avec les

autres gopheurs du voisinage; chose curieuse, Janine gagne toujours. Elle est pourtant du même âge que les autres enfants, mais elle court à une vitesse extraordinaire et ne se laisse jamais attraper. De loin, les adultes regardent les jeunes gopheurs, sourire en coin, se souvenant bien avoir joué au même jeu dans leur jeunesse. Ils s'écartent du terrain de jeu, de peur de se faire bousculer par un enfant un peu trop agité!

Les enfants se sentent en sûreté. Il y a toujours un garde aux aguets : un sifflement fort et continu et tout le monde sait quoi faire. À toute vitesse, tous se réfugient alors dans leur terrier. Et là, sain et sauf, on plaisante, on se raconte des peurs, et on rit de bon cœur.

La vie est si belle… Cela peut-il durer?

**

Un jour, les parents Gopheur convoquent Jérôme et Janine dans une des galeries du terrier. Les jumeaux se grattent la tête en se demandant ce qu'ils ont bien pu faire de mal. Mais non, ce n'est pas ça du tout. Papa leur dit :

— Vous voilà grands. Vous avez déjà deux mois et il est temps d'assumer des responsabilités. On vous demande d'avoir soin de Michel et d'Annabelle. Vous feriez bien ça pour votre petit frère et votre petite sœur?

— Bien sûr, Papa. Ce ne sera pas difficile, pas vrai, Jérôme? On va avoir du plaisir! ajoute Janine sans hésiter.

Jérôme n'est pas convaincu que ce sera amusant, mais il se tait. Son petit frère et sa petite sœur sont bien gentils… mais il y a autre chose. Depuis un certain temps, Jérôme s'intéresse de plus en plus aux objets et à l'espace qu'occupe le village. Il veut explorer les environs! Mais, il doit quand même accepter de s'occuper des enfants et espère que ça ne le dérangera pas trop.

— D'accord. J'accepte moi aussi.

Jérôme sourit. Il se souvient que les deux jeunes font plusieurs siestes pendant la journée!

★★★

Jérôme a remarqué des formes gigantesques qui passent de temps en temps au sud, pas tellement loin du village des gopheurs. Il y en a qui produisent un bruit tellement fort que la terre en tremble. Jérôme se plante comme un piquet sur ses pattes arrière et essaie de déchiffrer ce que ça peut bien être. Ces grosses formes passent à toute vitesse! Qu'y a-t-il de si urgent pour aller si vite? Elles passent toujours au même endroit; en voilà une affaire! Les gopheurs eux empruntent très peu de sentiers : la nourriture est partout et on va où on veut, et certainement pas toujours dans le même chemin!

Son père l'a vu regarder les formes qui passent et lui dit :

— Tu sais, Jérôme, ces choses-là sont des monstres très dangereux. On dirait qu'ils passent tout leur temps à transporter une chose ou l'autre. Dans ces monstres on aperçoit des « humains ». À la différence des animaux, les humains marchent sur deux pattes et se tiennent debout tout le temps d'après ce qu'on en sait. Vaut mieux les regarder de loin.

— Oui, Papa, répond Jérôme.

Trop fasciné par ce mystère, il n'a pas vraiment entendu son père. Insatisfait d'en connaître si peu au sujet de ces êtres dangereux, Jérôme se plante sur ses pattes arrière, se rapprochant, jour après jour, un peu plus près du mystère.

Le troisième jour, Jérôme aperçoit une chose extraordinaire : là où passent les formes gigantesques, il y a un espace d'une largeur incroyable, tout noir comme la nuit et avec des lignes blanches en plein milieu. C'est uniformément plat, tellement plat que Jérôme juge que ce n'est pas naturel. De plus, il n'y a ni herbe ni fleur qui pousse à cet endroit. C'est sûrement leur route, leur chemin. Jérôme observe les monstres qui se déplacent supportés par quelque chose de rond qui tourne, tourne, tourne sans arrêt.

— Il y a de la magie là-dessous. Je suis mieux de faire attention.

Le lendemain avant-midi, Jérôme ne peut s'empêcher de retourner voir. Il a remarqué que les monstres ne sont pas tous de la même grosseur. Il y en a même un qui est aussi gros que tout le village des gopheurs. Le bruit est assourdissant. Et, chose inouïe, il y a de la fumée qui sort des formes : il y en a qui crachent leur fumée par derrière et d'autres qui la rejettent par une cheminée située sur le haut de leur corps métallique.

— C'est horrible, ça! C'est de la magie méchante, ça!

Et Jérôme a peur, très peur. Il se sauve chez lui et demeure près de sa mère le reste de la journée.

Ce soir-là, Jérôme plonge dans un cauchemar terrifiant.

Attaché à la partie la plus élevée d'un très gros monstre, Jérôme hurle et hurle, mais le monstre ne l'écoute pas et poursuit sa route à une vitesse folle! Il affiche même un sourire méchant sur sa bouche énorme! Puis le monstre lance le pauvre gopheur en l'air et l'animal se met à tomber vers une mort certaine. Jérôme pousse alors un autre cri et se réveille en sueur. Sa mère, ayant entendu ses sanglots, se précipite à son chevet et essaie de le consoler. Mais elle ne peut l'empêcher de trembler de tout son corps le reste de la nuit. Même ses dents claquent très vite, clic, clic, clic. Il ne se rendort qu'à l'aurore. « Je ne retournerai jamais voir les monstres! » se dit-il.

***

Or, vers la fin d'un après-midi chaud et endormant, on entend un bruit comme un coup de tonnerre, qui vient du sud, là où se trouve le chemin des humains. Bien avant que le garde ne siffle et que le village de gopheurs puisse réagir, un gros objet noir et rond traverse le ciel en volant au-dessus du village. On l'entend frapper le sol, rouler un peu, puis, rien.

Tous sautent dans le trou le plus proche, effrayés au suprême degré! Jérôme pense en sautant dans son terrier : « Ce n'est pas la peine d'essayer de me sauver maintenant, le danger est passé. Mais je ne prendrai pas de chance : je vais attendre un peu avant d'aller voir ce qui s'est passé. »

Comme de raison, tout le monde pense comme lui et personne ne sort de son terrier pendant une bonne demi-heure. Daniel, la sentinelle, sort le museau le premier, renifle l'air, regarde alentour des terriers et ne voit aucun danger immédiat. Il prend son courage à deux mains, sort complètement du terrier et se dresse sur ses pattes arrière un bon bout de temps. Il se rend ensuite à son monticule de garde et vérifie le tout une seconde fois. Il siffle un son doux annonçant : « Vous pouvez sortir, mais faites attention. Prenez garde. »

Jérôme, Janine, Michel et Annabelle restent près de leurs parents toute la journée : la famille entière a eu vraiment peur.

Après le souper, on discute de l'affaire.

— C'était quoi, ça? demande Janine à sa mère.

— Je ne sais pas. Je n'ai jamais vu pareille chose et je n'ai jamais entendu parler d'un tel événement. Ça m'a l'air très, très dangereux.

— N'allez pas voir de quoi il s'agit, ajoute Papa Gopheur. Il faut premièrement savoir ce que c'est et cela, c'est la responsabilité des adultes. Il me semble que ça venait du côté sud du village.

Jérôme est d'accord :

— L'objet rond provient du chemin noir. Je me demande bien si le disque venait du sud où les monstres passent… Hum…

Jérôme devient songeur et se dirige à sa chambre en pensant à tous ces événements. « Je ne peux pas avouer que je suis allé près du chemin ligné des humains! C'est un terrain défendu! Je pourrais me faire punir et, au fond, j'ai un peu peur parce qu'on ne sait jamais quels dangers il peut y avoir là. »

Son imagination fonctionne à pleine vitesse.

« Il doit y avoir un rapport entre le disque et les monstres. Demain, je vais faire des recherches. »

Cette nuit-là, Jérôme rêve qu'il est un détective célèbre et que les gopheurs de partout viennent lui demander de l'aide.

À l'école de Sentinelle

Le lendemain matin, Jérôme se sent en pleine forme. Il part à la recherche de son père. Lorsqu'il le trouve, il lui demande :

— Est-ce que je peux étudier et travailler avec Daniel pour devenir garde du village?

— Bien sûr. Tu es assez grand pour ça. Je vais en parler à Daniel pour toi. Ça te va?

— Oh, oui, Papa. Merci bien.

Et c'est ainsi que Jérôme devient l'élève de Daniel, la sentinelle, le gopheur le plus intelligent et le plus respecté de tout le village.

***

La première journée se passe agréablement bien, tout est paisible. Jérôme est quasiment endormi quand, tout à coup, Daniel siffle l'avertissement de danger et plonge dans son terrier avec Jérôme sur ses talons.

— Mais qu'est-ce qui est arrivé? Je n'ai vu aucun danger, dit Jérôme surpris.

— Tu n'as pas regardé le ciel? répond Daniel. C'est de là que viennent nos pires ennemis. Un hibou s'en venait du nord pour s'abattre sur nos terriers. Sache que les hiboux considèrent la chair de gopheur comme un vrai régal!

Jérôme est bien obligé d'admettre qu'il ne regardait que vers le sud. Il ne veut pas avouer qu'il rêvassait au disque volant et se demandait d'où il pouvait bien venir.

Daniel profite de l'occasion pour donner une bonne leçon à Jérôme :

— Il est absolument nécessaire de surveiller le ciel autant que la terre. Il y a des hiboux et plusieurs autres oiseaux de proie qui ne demandent qu'à déguster un gopheur. On ne peut pas les entendre venir, il faut alors les détecter avant qu'ils ne nous agrippent la tête. Tu sais que tu as un œil de chaque côté de la tête?

— Bien, oui.

— Il faut apprendre à t'en servir pour surveiller de tous les côtés à la fois. Tu n'as qu'à bouger la tête un petit peu et tu verras tout ce qui t'entoure. Exerce-toi et tu vas voir un tas de choses.

Jérôme se met alors à regarder de tous les côtés à la fois. Pour la première fois de sa vie, il s'aperçoit que l'herbe à l'ouest des terriers est beaucoup plus haute qu'ailleurs.

Daniel le félicite pour son sens de l'observation :

— Il faut dire que ce n'est pas de l'herbe. C'est ce qu'on appelle des arbustes. Les coyotes et les renards peuvent se cacher à l'intérieur et sauter sur l'un de nous sans que nous ayons le temps de nous en apercevoir. Tout mouvement autre que le vent est suspect et on doit avertir les autres sur-le-champ. Il ne faut jamais, au grand jamais courir de risques. C'est le deuxième endroit qu'il faut surveiller en tout temps.

— À quoi ressemblent les coyotes et les renards?

— Ce sont des animaux plus grands que toi quand tu te tiens debout. Ils possèdent quatre pattes comme nous, à la différence qu'ils ne mangent pas d'herbe… Oh, non! Ils préfèrent manger des souris et des gopheurs!

Jérôme se dit que ce sont des animaux méchants. Manger des gopheurs. En voilà une affaire! Espèces de dégoûtants!

— Alors, il y a du danger dans le ciel et du danger du côté des arbustes. Et quoi d'autre? demande-t-il à Daniel.

— Ça suffit pour aujourd'hui. Et si tu penses qu'il y a un danger, siffle comme ceci… *schiff*. Mieux vaut être prudent que d'être dévoré!

***

Ce soir-là, Jérôme tourne en rond dans sa chambre. Il ne pense qu'au chemin noir au sud des terriers. Existe-t-il vraiment un lien entre les monstres et le disque qui a survolé le village? Songeur, Jérôme peut entendre sa mère au salon raconter une histoire à propos d'un hibou très méchant qui mange les enfants désobéissants… Mais Jérôme a la tête ailleurs.

Il ne peut dormir cette nuit-là. Il se lève et sort prendre un peu d'air frais. Il se met à marcher ici et là pour se détendre un peu. Il ne voit pas Janine qui le suit. Elle s'est aperçue que son frère était encore troublé par quelque chose. Soudain, il s'arrête, se met sur ses pattes arrière et reste là, pensif, un bon bout de temps. Juste au moment où Janine veut lui parler, il se remet à marcher.

Janine le talonne en gardant une certaine distance sous un beau clair de lune.

Elle a un peu peur, mais elle se dit que Jérôme aura peut-être besoin d'aide. Dans le fond, elle fait preuve du même sens de curiosité et d'aventure que son frère : elle veut voir, elle aussi.

Les bruits se font plus forts à mesure que les gopheurs s'approchent du chemin. Ils voient des lumières qui se dissipent à toute vitesse et disparaissent à l'horizon. Puis une autre lumière vient de l'est et disparaît, elle aussi, vers l'ouest. Les gopheurs n'ont jamais vu quoi que ce soit d'aussi rapide.

Tout à coup, Jérôme voit une lumière puissante provenant de l'avant d'un des gros monstres. Il reconnaît le monstre de son cauchemar. Il lâche un cri, se retourne, se met à courir, se cogne contre Janine et tous deux tombent à la renverse. Les jumeaux roulent d'un bord et de l'autre, se regardent un instant, terrifiés jusqu'au fond de l'âme et courent vers le village à toute vitesse.

La course ne dure que quelques instants, car la peur leur donne des ailes. Ils se cachent vite sous les couvertures et se couvrent les yeux avec leurs pattes avant, tellement ils ont peur.

Jérôme se promet de ne jamais remettre les pieds près de cet enfer.

Le lendemain, le soleil se lève et brille comme d'habitude. Tout est redevenu calme et tranquille. Mais Jérôme ne  cesse de penser à l'expérience d'hier soir : le grondement de tonnerre, les lumières aussi brillantes que le soleil, la vitesse de ces monstres. « Magique, se dit Jérôme, magique! C'était absolument terrifiant, ou plutôt fascinant. »

Janine s'approche. « J'espère qu'elle n'a rien dit à personne », pense-t-il.

Plantée sur ses pattes arrière, elle le regarde un moment avec une drôle d'expression sur le visage.

— Oh, Jérôme! Qu'est-ce qu'on a fait hier soir? On nous avait interdit d'aller là, dit-elle les larmes aux yeux. Je n'ai pas pu dormir de la nuit. Je voyais et revoyais tous ces monstres dans mon imagination. Pas surprenant que c'est défendu d'aller là. J'ai encore peur!

— Tu sais, ces choses étaient horribles, mais je ne crois pas qu'elles soient vraiment dangereuses. Papa m'a dit que les anciens du village connaissent l'existence de ces êtres depuis des générations. D'après les anciens, ils ne nous ont jamais dérangés. On dirait même qu'ils ne s'occupent pas de nous du tout! Néanmoins, je voudrais en savoir un peu plus à leur sujet. Tu veux m'aider, Janine?

— T'aider? Qu'est-ce que tu veux dire?

— Bien, on était tout près du chemin noir et il ne nous est rien arrivé. Si on pouvait…

— Mais, pour ça, il faudrait y retourner.

— C'est vrai.

— Oh, Jérôme, je ne suis pas sûre que…

Jérôme a une idée :

— Eh, Janine! Allons voir le disque qui a survolé le village. Il me rappelle quelque chose, mais je n'arrive pas à mettre le doigt dessus.

— Moi aussi, je crois avoir vu ça quelque part. Allons voir. Mais faisons attention, Papa et Maman nous l'ont bien défendu.

— Ce n'est pas moi qui le leur dirai!

— Moi non plus.

Les jumeaux se rendent à l'endroit où le disque est tombé. Ils ne sont pas surpris de voir qu'il y a un sentier qui se rend là : ils ne sont pas les seuls à être curieux! L'herbe est écrasée tout autour du disque. Ils peuvent faire le tour et le regarder de tous les côtés. Le disque est noir telle une nuit sans lune.

— Il n'y a rien qui bouge, dit Janine. Le disque n'est certainement pas vivant.

Jérôme essaie de voir à quoi ressemble la partie supérieure, mais il n'est pas assez grand. Il a beau sauter, il ne voit rien. Il

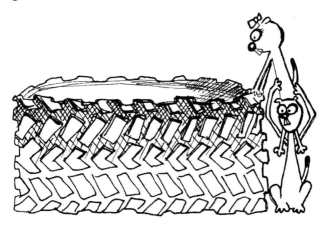

essaie de grimper les côtés du disque, mais ils sont trop lisses et trop à pic. Janine a une idée :

— Je peux grimper sur tes épaules et regarder. Tu es assez fort pour me soutenir.

Ils mettent l'idée en pratique tout de suite. Janine grimpe sur les épaules de son frère; elle faillit tomber, mais s'accroche au sommet de cet engin noir et regarde. Toute surprise, elle dit :

— Il y a un gros trou parfaitement rond dans le milieu. On dirait que les côtés sont vides!

Janine a l'air tout étonnée. Jérôme se dit qu'il faut absolument voir ce qui a tellement ébahi sa sœur. Il grimpe sur les épaules de Janine et examine le disque. Puis il revient sur ses pattes :

— Je suis sûr que j'ai vu ça dernièrement. Mais quand?

Janine jette un coup d'œil en sautant en l'air et dit :

— Je sais ce que c'est : c'est une de ces rondelles qui supportent les monstres et qui tournent sans arrêter.

— C'est ça! C'est ça! Mais comment est-ce possible? Les monstres l'auraient-ils perdu? Comment le disque peut-il aller à une telle vitesse? C'est vraiment extraordinaire! Non, mais ça veut dire que les monstres ne sont pas magiques! Ils ne sont peut-être pas si dangereux que ça!

Les jumeaux courent au terrier. Ils voudraient bien parler de leur découverte à tout le monde, mais ils ne peuvent pas. S'ils en parlent, leurs parents devineraient vite qu'ils sont allés dans le territoire défendu. La punition pourrait être sévère. Ils sont d'accord : « Mieux vaut ne rien dire à personne! »

Ils s'en parlent de temps en temps quand ils sont seuls, encore craintifs et bouleversés par toute l'affaire.

Jérôme se bâtit un abri

La semaine suivante, Jérôme s'est tenu très occupé. Il a toujours voulu un endroit bien à lui, un endroit où il peut garder toutes ses affaires personnelles, où il peut être seul quand il le veut, où il peut recevoir ses amis en paix. Il décide donc de se bâtir un abri au sud du village à mi-chemin de la route des humains.

Les gopheurs sont des experts quand il s'agit de creuser des trous. Ils sont nés avec ce talent; c'est tout à fait instinctif. Jérôme se met à creuser; il frappe immédiate-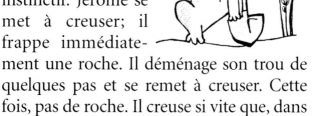ment une roche. Il déménage son trou de quelques pas et se remet à creuser. Cette fois, pas de roche. Il creuse si vite que, dans un rien de temps, il y a un tas de terre à côté de son trou.

Il construit d'abord une pièce qui peut servir de salle commune, une chambre à tout faire. Rien de plus simple s'il faut l'agrandir : on creuse un peu et voilà! Il bâtit ensuite une chambre à coucher, une salle de bains, puis un placard pour garder sa nourriture, comme celui qu'a bâti son père, mais beaucoup plus petit. À partir de sa chambre à coucher, il creuse un tunnel qui remonte jusqu'à la surface du sol. C'est sa sortie de secours : il peut évacuer son terrier par cette porte s'il se sent menacé par un danger, de même qu'il peut retourner à l'abri plus rapidement s'il entend le signal de Daniel.

Il y travaille pendant trois jours durant ses temps libres. Il doit prendre soin de Michel et d'Annabelle; il passe beaucoup de temps avec Daniel, la sentinelle. Et puis, il faut bien jouer avec ses amis : il ne va quand même pas passer tout son temps à travailler!

Quelques jours plus tard, il fait sa sieste quotidienne, quand soudainement il se réveille en sursaut : la terre tremble! « Ce tremblement de terre est causé par une des formes qui passent sur le chemin. Ça ne me fait plus peur! La seule chose qui est arrivée avec ces monstres, c'est la fois où le disque est passé au-dessus du village… Ça n'a fait de mal à personne! Tiens, je pourrais aller voir ce qui se passe par là n'importe quand : il n'y a aucun habitant qui vit entre moi et le chemin. J'irai plus tard aujourd'hui. »

Mais non! Il s'est trompé sur l'origine du tremblement de terre. C'est vraiment le tonnerre! Jérôme décide de rester dans son terrier ce soir-là. Mais il commence à pleuvoir. La pluie continue à tomber toute la soirée, toute la nuit et la journée suivante.

La nature est complètement trempée. Il y a des petits lacs partout. Jérôme s'aventure à l'extérieur, question de manger un brin, et vite il se faufile à l'abri. Il décide d'y rester jusqu'à ce que la pluie cesse complètement. Tout à coup, il s'aperçoit que de l'eau a inondé son terrier.

— Qu'est-ce qui se passe? Mon lit est tout mouillé!

L'eau continue à ruisseler dans son terrier, lentement d'abord, puis de plus en plus vite. C'est une vraie inondation! La salle commune est bientôt remplie. Il doit se sauver par son tunnel d'urgence. Il n'a jamais, de toute sa vie, été si trempé! « J'aurais pu me noyer dans mon terrier! D'où cette eau peut-elle bien venir? » se demande-t-il.

Il regarde un peu aux alentours avant de courir chez ses parents. Il aperçoit une rivière coulant dans les baissières près de chez lui. Trempé comme jamais, il court aussi vite qu'il peut jusqu'au terrier de ses parents.

Jérôme discute de sa situation avec son père :

— Ma maison est en ruine. Elle est pleine d'eau!

— Mais non! L'eau va s'en aller d'ici quelques jours et tout sera aussi sec qu'avant. Avais-tu bâti un mur de terre autour de ton entrée?

— Non, je croyais que j'avais tout mon temps.

— La terre tout autour de l'entrée empêche l'eau de pénétrer dans ton abri. Je vais te montrer comment faire. Tu es aussi bien de faire ça comme il faut, parce que tu vas vouloir ta propre demeure bientôt.

— Mais je ne veux pas partir d'ici.

— Tu pensais que tu te bâtissais une maison temporaire? Sache que tu y passeras beaucoup de temps. La nature est ainsi. C'est comme ton aspiration à devenir sentinelle. Tu grandis vite et tu deviendras adulte bientôt, que tu le veuilles ou non! Je vais t'aider à concevoir les plans de ta nouvelle demeure.

Jérôme ne peut que remercier son père.

***

La pluie s'arrête le lendemain matin. Ça sent bon : la fraîcheur et la propreté s'étalent dans la plaine. Quelle joie de voir Jérôme et Janine s'amuser à regarder Michel et Annabelle gambader, manger un brin d'herbe, et courir de nouveau! La paix règne dans le village.

Une jeune gopheur s'approche de Jérôme, il la connaît bien. Elle s'appelle Cassandra et vit avec ses parents dans le terrier avoisi-
nant. Il a sou-
vent joué au jeu
du chat avec elle
et ses autres
amis.

Aujourd'hui,
il la trouve
plutôt belle.
Surprise de surprise! Il n'a jamais de toute sa vie eu l'idée qu'une jeune gopheur puisse être belle!

— Bonjour, Jérôme! Comment ça va aujourd'hui? dit-elle en s'approchant de lui.

— Bien, merci.

Jérôme a beau se creuser la tête : il n'a rien à dire. Il se demande bien ce qui se passe et pourquoi il se sent tellement nouille.

— J'étudie pour être sentinelle, ajoute-t-il enfin.

Mais d'où ça vient cette histoire de sentinelle? Il n'a pas eu l'intention de dire ça du tout.

Cassandra répond :

— Je le sais. Je t'ai vu sur le monticule de garde avec Daniel. Je t'ai trouvé grand et fort.

— Tu m'as remarqué? Mais pourquoi?

Brusquement, Michel lâche un cri de douleur tellement fort que tout le village l'entend. Jérôme court vers lui. Il le trouve par terre se tenant la patte gauche avant et hurlant de plus belle.

— Michel! Qu'est-ce qui est arrivé?

Il répond d'un ton impatient et un peu en colère :

— Je me suis cassé la patte! C'est ça qui est arrivé!

— Rentrons à la maison. Maman saura quoi faire.

Michel se calme un peu. Il marche sur trois pattes pour se rendre au terrier, se plaignant de douleur tout le long du trajet. Il n'y a rien que Jérôme puisse faire pour l'aider. En descendant dans l'entrée, Michel faillit tomber à deux reprises. Il pousse des cris de douleur. Arrivé dans la salle commune, sa mère l'invite à s'étendre sur un tas d'herbe sèche. Elle examine sa patte. Elle trouve que la patte de Michel est enflée, mais que les os sont tous à leur place.

— Pauvre petit Michel. Tu ne pourras pas jouer dehors pendant quelque temps. Il va falloir que tu te reposes et que tu ne remues pas ta patte jusqu'à ce qu'elle guérisse. Bon. Jérôme, peux-tu bien me dire ce qui est arrivé?

— Je n'ai rien vu.

— Tu ne surveillais pas les enfants?

— Oui, je surveillais. Puis Cassandra est venue me parler. J'ai perdu Michel de vue un instant, puis je l'ai entendu crier.

— Tu parlais à Cassandra?

Maman Gopheur le regarde d'un œil perçant. Pour une raison quelconque, Jérôme se sent très gêné et très troublé.

Annabelle est entrée avec les autres et dit à sa mère :

— On jouait tous au jeu du chat. Je courais après Michel; je l'ai vu trébucher sur une petite roche. Il a fait un saut en l'air et il est retombé sur une patte. C'était un accident, Maman. On n'aurait pas pu l'éviter.

— Bon. Ça va. Mais Jérôme, tu aurais pu surveiller ton jeune frère de plus près.

Et Maman Gopheur ne peut pas s'empêcher de sourire. Jérôme trouve qu'il y a bien trop de femelles dans sa vie. Il s'enfuit tout à coup en courant hors du terrier jusqu'à ce que le souffle lui manque. Il se repose un peu et voit qu'il n'y a plus d'eau dans son logis. Mais c'est encore trop humide pour descendre à l'intérieur. Son père avait raison : le terrier séchera en temps et lieu.

La vie n'est pas si simple que ça

Deux jours plus tard, Jérôme arrive au village afin d'assister à son cours de sentinelle. Un brouhaha règne parmi la foule. Tout le monde semble inquiet. Il y a des gopheurs partout. Ils courent dans tous les sens en criant :

— François! François!

Pas de réponse. Jérôme trouve Janine et lui demande :

— Hé, Janine! Qu'est-ce qui est arrivé?

Janine ne lui répond pas. Il doit crier de toutes ses forces pour se faire entendre :

— Hé, Janine! Qu'est-ce qui est arrivé?

— Je… je… je… J'étais tout près de lui et j'ai vu… j'ai vu…

— Vu quoi, Janine?

— J'étais debout, là… j'ai entendu le sifflement de Daniel. Je n'ai pas eu le temps de bouger quand j'ai entendu comme un coup de vent. François était déjà parti.

— Parti? Comment ça, parti?

— Il n'était tout simplement plus là. J'ai levé les yeux et je l'ai vu en l'air… haut… haut…

— Haut? Qu'est-ce que tu veux dire, haut?

— Oh, Jérôme, comment dire… François a été pris dans les griffes d'un méchant hibou! Le hibou s'est envolé sans faire de bruit et a disparu dans le ciel. Cette plume est tombée du ciel. Regarde, Jérôme, la plume est aussi grande que moi. On jouait dehors quand c'est arrivé.

Janine pleu-rait. Sensible, elle ne pouvait pas s'en empêcher.

— Bon, Jani-ne. Console-toi. Écoute, il va fal-loir que tu dises ça à ses parents. Il faut qu'ils le sachent. Je peux aller avec toi si tu veux. C'est le moins que je puisse faire pour ma petite sœur.

Ainsi fut fait. En apprenant la nouvelle, les parents de François baissent la tête de chagrin et se rendent lentement chez eux. Tous les gopheurs retournent à leur terrier. Les maisons du village demeurent très tranquilles ce soir-là.

∗∗∗

Jérôme retourne à l'école de sentinelle le lendemain. Daniel accueille deux nouveaux étudiants : Janine, la sœur de Jérôme, qui a été témoin de la tragédie de la veille, ainsi que Jean, un gopheur un peu plus jeune que les jumeaux, l'ami de François. Jérôme constate que ce drame a aussi troublé d'autres gopheurs.

— Il n'était pas possible d'éviter la tragédie d'hier, leur dit Daniel. Ça arrive trop souvent et ça nous montre qu'il faut toujours faire bien attention et être vigilant. Aujourd'hui, on va parler de belettes, de blaireaux et de mouffettes.

Jean, le nouvel étudiant, demande :

— Ce sont différentes sortes d'oiseaux?

Daniel sourit :

— Non, Jean. Ce ne sont pas des oiseaux. Commençons par la belette : c'est un petit animal vicieux et violent. La belette est brune en été, légèrement plus petite que nous. Elle peut entrer dans nos terriers sans difficulté et tuer tous ceux qui y vivent! Quand les belettes voient ou flairent le sang, elles deviennent folles, folles! Rien ne les arrête.

— Comment fait-on pour se protéger? demande Jérôme.

— On donne le signal suivant pour les belettes : un son plus bas que d'habitude et composé de quatre notes différentes. Je sais bien que vous ne l'avez jamais entendu, puisque nous n'avons pas eu d'attaque de belettes cette année. Écoutez et regardez ce qui va arriver.

Daniel siffle les quatre notes. En un clin d'œil, les gopheurs se sauvent dans toutes les directions possibles. Les adultes sortent des terriers en poussant les plus jeunes devant eux.

— Wow! firent les trois étudiants.

— Vous pratiquerez le sifflet spécial chez vous. Passons aux autres animaux. Les mouffettes et les blaireaux sont au moins dix fois plus gros que nous. Chose surprenante, il est assez facile de s'en sauver. Les blaireaux creusent à l'entrée du terrier, mais ils sont si lents que nous avons tout notre temps pour nous sauver par nos sorties de secours. Une chance que les blaireaux n'ont jamais compris nos tactiques!

— Mais que faire avec les mouffettes? demande alors Janine.

Daniel ne peut s'empêcher de rire :

— On sait qu'il y a une mouffette aux alentours quand on sent une odeur tellement désagréable et dégoûtante qu'on ne pense qu'à se sauver. Il n'est vraiment pas nécessaire dc donner de signal : tout le monde se sauve à toute vitesse.

***

Ces jours-ci, Jérôme est fort occupé : la construction de son terrier, le soin de son frère et de sa sœur, l'école de sentinelle, les jeux… quoique Jérôme commence à trouver ça un peu enfantin.

Tout va bien pendant quelques jours.

Il a une maison à bâtir et il y passe tout son temps. Il se met à creuser — il creuse tellement que même ses griffes lui font mal! Il trouve que le terrier sera très confortable et il le termine en un rien de temps. « Je suis aussi bien de déménager dans ma nouvelle demeure », pense-t-il. Il dit au revoir à son père, à sa mère, à Janine, à Michel et à Annabelle. Il indique à Daniel, la sentinelle, où il demeurera dorénavant.

Il va voir Cassandra :

— Je me suis bâti un nouveau terrier au sud du village. Aimerais-tu venir le voir?

Cassandra le regarde d'un air un peu étrange :

— Non, merci. Tu ne sais pas que je fréquente Hector depuis une semaine? En tout cas, bonne chance dans ton nouveau terrier.

Elle s'en va vers Hector qui l'attendait un peu plus loin.

« Je ne comprendrai jamais les filles! Eh, bien, tant pis pour elle! » se dit Jérôme en s'en allant chez lui.

***

Au bout de deux jours, Jérôme s'ennuie de n'avoir pas grand-chose à faire. Il a exploré les environs et s'est même approché du chemin noir, et il ne lui est rien arrivé! Aujourd'hui il s'en rapprochera.

Il marche doucement jusqu'au chemin noir. Il voit les monstres circuler. Il remarque

que, des fois, du temps s'écoule entre le passage de chaque monstre. Pendant une de ces périodes, Jérôme met le pied sur le bord du chemin noir… puis le retire tout de suite. Une chose totalement inattendue lui saute aux yeux : des gopheurs se promènent de l'autre côté du chemin! Il dit, très étonné :

— Des gopheurs? Là? De l'autre côté? Mais qu'est-ce que c'est que cette affaire-là?

Il se plante sur ses pattes arrière et se met à réfléchir. Au bout d'un certain temps, ses réflexions aboutissent à une seule conclusion : son village n'est pas le seul au monde. Jérôme n'a jamais songé à des choses du genre. Sa curiosité le pique.

— Il va falloir explorer ce qu'il y a là! Je reviens cet après-midi.

C'est ainsi qu'après son repas du midi, Jérôme se trouve de nouveau au bord du chemin noir. Ce matin, il s'est rendu compte que la surface est un petit peu collante, mais tout de même solide. Il voit deux monstres passer. Puis, il prend ses précautions : il regarde de chaque côté. Il ne note aucun son indiquant l'arrivée d'un monstre.

Il traverse le chemin au pas de course.

— Ouf! Sain et sauf!

Il voit le village de gopheurs un peu plus loin. Il aperçoit la sentinelle sur son poste d'observation. « Je me demande si je vais être le bienvenu chez eux. Je suis aussi bien de faire attention et de ne pas brusquer les choses. »

Quelques minutes plus tard, un gigantesque monstre passe tout près de lui produisant un tel vacarme que même l'air en vibre! Un coup de vent le pousse de force, le fait virevolter et tomber. Il se retrouve dans une sorte de vallée, abasour-di. Jérôme s'ébroue. Courageusement, il s'approche de nouveau du village. « Je regarde un peu, puis je retourne chez moi », se dit-il.

Une boule de fourrure lui frappe la tête. Il tombe soudainement par terre.

— Mais qu'est-ce qui se passe?

La boule de fourrure lui mord le derrière. Il hurle de douleur, se roule sur le sol et voit son assaillant : un gopheur qui s'élance pour lui mordre la gorge! Il se met hors d'atteinte, essaie de se défendre, mais il n'a guère le temps. L'ennemi essaie de lui déchirer le ventre, mais ne lui fait qu'une petite blessure.

Jérôme s'aperçoit tout de suite qu'il ne gagnera pas cette bataille. Il fait la seule chose intelligente qu'un gopheur puisse faire dans cette situation : il se sauve aussi vite que possible. Il court dans la direction de son village. Il court hors de la portée de cet ennemi. Il court loin de cet enfer.

L'autre gopheur poursuit sa chasse. Quand Jérôme arrive en bordure du chemin, il s'arrête et ne peut traverser. Des monstres grouillent de part et d'autre! À bout de souffle, il regarde derrière lui : l'ennemi ne semble plus le poursuivre. « Qu'est-ce que je vais faire? Je ne peux pas retourner au nouveau village sans me faire blesser ou pire, me faire tuer. Je ne peux pas traverser le chemin sans me faire écraser à mort. Là, j'ai l'air fin! »

Il vérifie la gravité de ses blessures. La morsure sur sa fesse saigne un peu. Du sang se répand sur son ventre, ça n'a pas l'air trop grave. Il se met à nettoyer ses blessures avec sa langue. Tout bon gopheur sait que le meilleur antibiotique, c'est sa propre salive. Il prend son temps pour tout bien nettoyer.

La nuit venue, Jérôme constate que peu de monstres fréquentent le chemin. Il en profite pour traverser en courant. Il se rend chez lui après avoir trébuché à quelques reprises. Il descend dans son terrier et se couche sur son lit d'herbes sèches.

— Quelle journée! Moi qui voulais de l'aventure, j'ai été bien servi.

Il se repose pour la première fois depuis midi et s'endort. Il ne rêve pas cette nuit-là.

Des humains

Pendant une semaine, Jérôme reste tranquille jusqu'à ce que ses blessures guérissent. Sa souffrance diminue. Il est capable de marcher et même d'amasser des herbes sèches pour le printemps prochain. Sa mère lui a expliqué qu'il dormira pendant tout l'hiver. Elle a appelé cela « hiberner ». Il se réveillera à la fonte des neiges le printemps suivant, mais l'herbe ne commencera à pousser que quelques semaines plus tard : il doit donc avoir assez de provisions pour survivre.

Puisqu'il ne peut pas courir très vite, il reste près de son terrier ou près du terrier de Daniel pendant les leçons de sentinelle. Ces derniers jours de l'été sont superbes.

Il fait beau, ce soir-là. Le soleil n'en a que pour une heure ou deux avant de se coucher. Jérôme se fait chauffer au soleil au bord de son terrier quand le son qui vient d'un des monstres cesse tout à coup.

— Quoi? Comment? Qu'est-ce qui se passe? Je fais mieux d'aller voir.

Il avance doucement… de plus en plus près du chemin des humains. Un des plus petits monstres s'est immobilisé en bordure de la route. Un de ses côtés est ouvert comme s'il était déchiré et il en sort des animaux étranges. Jérôme n'est pas absolument certain que ce soient des animaux en fait. Ils sont immenses. Jérôme n'a jamais rien vu de si grand. Ils sont aussi grands que la profondeur de son terrier et ils font un vacarme extraordinaire. Ça ne peut pas être naturel.

Et puis, d'autres sortent de l'autre côté du monstre.

— Non, mais qu'est-ce que c'est que cette affaire? Des humains, comme Papa m'a expliqué! Ce sont des humains! Ils s'en viennent par ici!

Jérôme se secoue la tête; il s'esquive en faisant bien attention de ne pas se faire remarquer par ces animaux étranges, et, à la course, il se rend au village pour avertir tous les gopheurs. Daniel monte la garde.

— Jérôme! Qu'est-ce qu'il y a?

— Les humains sont arrivés! Les humains sont arrivés!

Daniel ressent les vibrations de pas lourds s'approchant du village. Il entend les sons étranges qu'émettent ces bêtes mystérieuses! Sans hésiter, il siffle le signal du danger. Tout le monde disparaît. Daniel s'assure que tous regagnent leurs terriers et il plonge dans le sien suivi d'un Jérôme épouvanté.

Les quatre humains s'installent au beau milieu du village, produisant un bruit épouvantable. Nul gopheur n'ose sortir de son terrier. Le soleil se couche, mais les humains restent toujours là. Ils s'éclairent d'une lumière étrange. Une lueur chaude se fait sentir à l'entrée du terrier de Daniel. Jérôme en tremble de peur.

— Ce sont vraiment des êtres extraordinaires! Ils sont capables d'emmener de la lumière avec eux! Et ce n'est pas la même lumière qu'il y a sur le chemin. Qu'est-ce que c'est?

— C'est du feu.

— Du feu?

— Oui. Du feu. C'est très dangereux. Quand le feu passe, tout disparaît. Il ne reste plus d'herbe, plus d'arbres, plus rien à manger. Notre seule défense est de se cacher au fond de notre terrier.

Quelques minutes plus tard, Jérôme n'en peut plus :

— Mais qu'est-ce qu'ils font? C'est plus fort que moi, il faut que je sache ce qu'ils font. Il faut que je voie ce terrible feu. Je vais regarder à l'entrée du terrier.

— Fais bien attention.

Il monte tout près de la surface et essaie de comprendre ce qui se passe chez les humains. Il entend constamment le même son : un « ha! ha! ha! » incompréhensible. Il lève la tête au-dessus de l'entrée et voit une chose qu'il n'a encore jamais vue de toute sa vie : de grosses flammes qui répandent de la lumière en pleine nuit!

Jérôme les voit qui tiennent au-dessus du feu de longues branches au bout desquelles des petits cubes blancs grésillent. Une odeur dégoûtante se dégage de ces morceaux. Les humains déposent même ces curieuses choses dans leurs bouches! Des étincelles s'éparpillent en l'air et disparaissent aussitôt. L'un d'eux lance un objet brillant. L'objet tombe et roule tout près de Jérôme.

À tout moment on peut entendre leurs « ha! ha! ha! ». Cette mascarade continue jusque tard dans la nuit. Impossible de dormir avec tout ce vacarme!

Quand la lune est à son plus haut dans le ciel, les humains commencent à s'en aller. L'un d'eux jette de l'eau sur le feu. Puis un autre prend la terre qui entoure quelques entrées de terriers et la lance sur le feu.

Ils partent. La nuit est redevenue calme. Jérôme a beau se creuser la tête, il ne comprend pas ce que ces êtres étranges sont venus faire au village. Il retourne chez lui en pensant : « l'univers est plein de mystères! »

Les préparatifs

Le lendemain, Jérôme participe aux préparatifs pour l'hiver qui arrive à grands pas aux dires de ses parents. Ces derniers lui ont dit qu'un tapis blanc va tout couvrir et qu'il fera très froid. Jérôme en doute un peu, il s'aperçoit pourtant que tout le monde se prépare. Il en parle à Janine :

— Hiberner, c'est bien beau de le dire, ce n'est pas si facile à faire. On passe tout l'automne à se faire des provisions pour le printemps suivant. Ce n'est pas plaisant du tout.

— Tu sais, si j'ai bien compris, on va passer plus de temps à dormir que nous en avons passé à vivre depuis notre naissance, répond Janine.

— Oui? Tu veux dire qu'on va dormir pendant qu'il va se passer des choses dans le monde? On va tout manquer!

— Maman a dit que toutes les plantes arrêtent de vivre pendant l'hiver et que, en conséquence, il n'y a rien à manger.

— Je suppose qu'on est mieux de dormir. Penses-tu qu'on va rêver pendant notre long sommeil?

— Je ne crois pas. Maman ne m'a rien dit à ce propos. J'ai envie de dormir plus que de coutume. Pas toi?

— Oui, moi aussi. Ça doit être la nature qui nous prépare pour le long sommeil.

Jérôme doit ramasser des fleurs, des racines et de l'herbe et entasser ses provisions dans le garde-manger. Un ou deux brins d'herbe à la fois, ça prend du temps! Il a beau se remplir les abajoues tant qu'il le peut, il doit y mettre le temps nécessaire.

Jérôme s'aperçoit bien vite qu'il faut aller de plus en plus loin pour trouver des provisions. Et plus il va loin, plus il s'expose au danger de se faire manger par un prédateur.

Jérôme a de plus en plus sommeil. En fait, il ne se rend pas tellement compte de ce qui lui arrive au jour le jour. Une fois, il se retrouve tout près des arbustes à l'ouest du village : il a oublié la discussion avec Daniel au sujet des dangers qui peuvent s'y trouver. Il vient tout juste de remplir ses abajoues d'herbe lorsqu'il voit du coin de l'œil quelque chose qui bouge au bord des arbustes.

Il se retourne et voit un renard qui s'en vient à toute vitesse vers lui. Jérôme se met à courir. Toutefois, il s'aperçoit très vite qu'il ne pourra pas se sauver aussi facilement de l'animal rusé. Il se met à faire des zigzags pour essayer de lui échapper. Il tourne vite à gauche, puis à droite, puis à gauche, puis à droite. Le renard ne peut pas tourner aussi vite que Jérôme, et il perd du terrain chaque fois que Jérôme change de direction.

Quand il aperçoit le monticule de terre à l'entrée de sa maison, il redouble de vitesse et plonge dans son terrier. Mais le renard le suit de très près et lui mord la queue. Jérôme se rend bien vite à sa chambre à coucher, là où il sera en sûreté. Il examine sa blessure et constate que la moitié de sa queue a disparu.

« Ouf! Ça, c'est frôler la mort de trop près. Je dois faire plus attention à moi. »

Il se lèche la blessure jusqu'à ce qu'elle soit bien propre et dort tout le reste de la journée. Ce soir-là, Jérôme se met à boucher les portes de son terrier une à une. Le travail fini, il descend au creux de son terrier, se couche sur son lit d'herbe sèche et s'endort pendant cinq mois.

Le festin du printemps

Jérôme Gopheur se réveille avec une faim extraordinaire. Il fait noir comme en pleine nuit. Aucune lumière ne filtre à l'entrée de son terrier. Il se lève de peine et de misère : les muscles de tout son corps lui font mal.

— Mais qu'est-ce qui se passe? J'étais très bien hier. Suis-je tombé malade?

Mais non! Jérôme n'est pas malade du tout. Il se sent un peu marabout. Il sort de sa chambre à coucher et se dirige doucement vers la porte d'entrée de son terrier. L'ouverture est bouchée! Il essaie de creuser à travers la terre qui bouche le trou. La terre lui semble plus dure que d'habitude. Jérôme ne sait pas qu'il creuse dans de la terre gelée. Au bout de quelques minutes, il voit un peu de soleil à travers l'ouverture et il se dépêche d'élargir le trou pour sortir du terrier. Il met le pied dans quelque chose de mou, quelque chose de blanc, quelque chose de très froid!

Jérôme est plus embêté que jamais. Ses parents ont eu raison : un tapis blanc recouvre le village. Pas un brin d'herbe, pas un gopheur nulle part. La seule chose que Jérôme reconnaît, c'est le son des monstres qui passent sur le chemin au sud du village.

Jérôme s'aperçoit bien vite qu'il n'est pas malade. Mais il ne comprend rien à ce qui se passe. Rêve-t-il? Non, car cette neige est bien trop froide pour faire partie d'un rêve.

Il se dit : « Brrr! Il fait froid. Je rentre au chaud dans mon terrier! »

Aussitôt dit, aussitôt fait. Sa mémoire a l'air de lui revenir. Il se rappelle l'épisode avec le renard et jette un coup d'œil sur sa queue et voit qu'en effet, il en manque une bonne moitié. Puis il se rappelle comment il avait sommeil et il se souvient qu'on lui a parlé d'hibernation.

« C'est ça! J'ai hiberné! J'ai réussi à dormir tout l'hiver! Moi qui ne croyais vraiment pas à cette affaire-là! Mon doux, j'ai faim! » Il se lève brusquement pour aller manger. Il se cogne la tête au plafond du garde-manger : « Aïe! Ça fait mal, ça! »

Ce que Jérôme n'a pas encore compris, c'est qu'il a grandi pendant son long sommeil. Il ne tarde pas à s'en rendre compte : son terrier lui semble plus petit qu'auparavant et curieusement la distance entre chaque chambre s'est rétrécie. Il doit même se pencher un peu pour ne pas se frapper la tête au plafond.

« Ce n'est pas si grave que ça. Tout ce que j'aurai à faire ce sera de creuser un peu ici et là, et le problème sera réglé. »

La température se réchauffe de jour en jour. Jérôme sort tous les jours et voit bien que le tapis blanc diminue à vue d'œil. Mais il n'y a rien à faire à l'extérieur. Il redescend dans son terrier et passe son temps à dormir et à manger de l'herbe avec des fleurs sèches comme dessert!

« Mmm…c'est bon de n'avoir rien à faire que de manger et dormir, se dit-il. Mais, franchement, j'aimerais mieux manger de l'herbe fraîche. Je me souviens que Papa et Maman avaient dit que je me réveillerais au printemps et que j'aurais besoin de nourriture avant la fonte des neiges. De la neige! C'est de la neige qu'il y a partout! Là, je comprends! »

Les jours et les semaines passent. Jérôme mange ses provisions, histoire d'engraisser pour l'été. Bientôt l'herbe commence à pousser ici et là. Le printemps fait soudainement son apparition! La verdure renaît tout partout! Comme il fait bon se chauffer au soleil tout près de son terrier en mangeant un brin d'herbe fraîche! Jérôme s'émerveille de vivre un si beau jour.

« Il faut célébrer ça! Allons voir si Janine m'aiderait à organiser un festin au village. »

Jérôme part à la course vers le village. Il voit Janine qui s'affaire à surveiller ses petits frères et ses petites sœurs nouveau-nés. Il lui parle de son plan.

— Super! Si tu veux de l'aide je pourrais courir inviter tout le monde.

— Ça va! Moi, je m'occupe de trouver le menu du banquet.

Soudain, la jolie Cassandra s'approche de Jérôme.

— Te souviens-tu de moi? lui demande-t-elle.

Comment aurait-il pu l'oublier? Bien entendu qu'il se souvient d'elle, mais il se rappelle surtout qu'elle sortait avec Hector l'an dernier.

— Oui, répond timidement Jérôme. Tu as beaucoup changé depuis l'automne.

— Tu sais, parfois le sommeil nous fait réfléchir. J'avais envie de te revoir, lui avoue Cassandra.

— Nous organisons un festin au village. Nous pourrions y aller ensemble...

Et c'est ainsi que par un après-midi ensoleillé, Jérôme partagea un moment de bonheur inattendu en compagnie de Casssandra.

Durant le festin, les mains moites de Jérôme agrippent celles de sa nouvelle amie. Le banquet peut commencer : on y mange des petites douceurs telles que des fleurs bleues, des fleurs jaunes, des herbes fines. Daniel prononce un discours. On raconte même des farces « gophiques » :

« Hé! Il y a une sauterelle dans mes herbes! »

« Je ne savais pas que tu étais végétarien! »

Jérôme et ses amis se remettent à poursuivre leur vie débordante et cocasse. Ils ne s'inquiètent plus des problèmes qu'ils ont eus ou qu'ils pourraient encore avoir à l'avenir, car pour tous les gopheurs des prairies canadiennes, la vie se savoure sur-le-champ!

Livres jeunesse aux
Éditions des Plaines

Histoires campagnardes
Aurélien Dupuis

Le mystère du Cheyenne
Le mystère de la lucarne
Paul Bosc

Légendes manitobaines
Louisa Picoux et Edwige Grolet

Louis Riel, le père du Manitoba
Zoran et Toufik

Louis, fils des Prairies
Noëlie Palaud-Pelletier

Etuk et Piqati
Marie Rocque

Les aventures du géant Beaupré
Margot et la fièvre de l'or
Louise-Michelle Sauriol

Narcos, machos, motos
Une grande sportive
Une fille super
Lucienne Lacasse

autres titres à
www.plaines.mb.ca